AF893549

A Kalmus Classic Edition

Jules

MASSENET

MEDITATION

From the Opera "THAIS"

FOR ORGAN

K 03676

Kalmus

Méditation de Thaïs

de J. Massenet

Transcription pour Grand Orgue

SWELL: *Stop. Diap. and Oboe 8 ft.*
Gt: *Stop. Diap. Claribel Fl. 8 ft.*
CHOIRS: *Clarabella 8 ft.*
PEDAL: *Bourdon 16 ft. and Bass Fl. 8 ft.*

RÉCIT: Bourdon de 8 & Hautbois
Gd ORGUE: Bourdon de 8 & Clarinette
POSITIF: Fonds 8 doux
PÉDALE: Bourdon de 16 & Basse

CPP/BELWIN, INC., Miami, Florida 33014
PRINTED IN U.S.A.

cresc.
f
p
dol.
cresc.
rall.
p
dim.
a tempo
G.O. accouplé au Récit.
Gt. Fl. 8 ft. coup. to swell
ajoutez 4
add. 4 ft.
mf
cresc.
poco a poco appassionato
f

calmato
Récit.
Sw.
p
G.O.
Gt.
cresc.
poco più appassionato
f
più mosso agitato
più f
sff
sff
cédez un peu
sf
très expressif.
rall.
Récit.
Sw.
p
dim.

Tempo I
Récit. 8 avec Tremblant
Sw. 8 ft. with Tremulant
No reeds
pp
3
5
p
rall.
f
a tempo
Bourdon G.O. accoup. au Récit
Soft Gt. coup. to Sw.
pp
Récit
Sw.
3
cresc.
f
3
3
3
3
3
3
p
3
3

dol.
cresc.
rall.
a tempo
p
dim.
sf
dim.
p
(sans presser le groupe)
3
dol.
Récit
Sw.
G.O.
Gt.
sf
Récit
Sw.
dim.
calmato
Récit
Sw.
3
3
pp